los **tres** cerditos

the **three** little pigs

Published by Scholastic Inc., 90 Old Sherman Turnpike, Danbury, Connecticut 06816,
by arrangement with Combel Editorial.

ISBN 0-545-02101-4

12 11 10 9 8 7 6 5 4 3 2 1   6 7 8 9 10 11/0

Printed in the U.S.A.

First Scholastic printing, May 2007

los **tres** cerditos
the **three** little pigs

Adaptación/*Adaptation* Darice Bailer
Ilustraciones/*Illustrations* María Rius
Traducción/*Translation* Madelca Domínguez

SCHOLASTIC INC.
New York Toronto London Auckland Sydney
Mexico City New Delhi Hong Kong Buenos Aires

Había una vez tres cerditos que eran muy amigos. Pasaban todos los días juntos, hasta que llegó un día en que tuvieron que separarse y cada uno tomó su camino.

———∽∽∽———

Once upon a time there were three little pigs who were best friends. They spent every day together, but soon it was time for them to part ways and go off on their own.

Cuando los tres cerditos se estaban despidiendo,
vieron un lobo feroz en el bosque.

—¡Tenemos que tener mucho cuidado! —dijo uno
de ellos—. Debemos construir tres casas fuertes para
protegernos del lobo.

———∞∞∞———

As the three little pigs said good-bye, they saw a big,
bad wolf in the forest.

"We'd better be careful!" one pig warned. "We should
build three strong houses to keep that wolf out!"

La idea de enfrentar con el lobo feroz ellos solitos asustó a los tres cerditos.

—Tienes razón —dijo otro de los cerditos—. Debemos construir nuestras casas lo más pronto posible.

Así que los tres se fueron a construir sus casas.

The thought of facing the big, bad wolf alone scared the little pigs.

"You're right," said the second pig. "We'd better build our new homes quickly."

So the three little pigs set off to do just that.

El primer cerdito encontró a un hombre que vendía paja. Le compró suficiente paja para construir una casa. El cerdito trabajó todo el día hasta que su casa de paja estuvo construida.

———

The first little pig met a man selling bundles of straw. He bought enough straw to build an entire house. The little pig worked all day putting his house of straw together.

El segundo cerdito encontró a un hombre que vendía madera. Le compró una gran cantidad de madera y se puso a aserruchar y clavar hasta que su casa estuvo construida.

—⚬⚬⚬—

The second little pig met a man selling wood. He bought a great big pile of wood and then sawed and hammered it together until his house was done.

El tercer cerdito encontró a un hombre que llevaba ladrillos.

"Los ladrillos servirán para que el lobo feroz no pueda entrar a mi casa", pensó el cerdito.

Compró los ladrillos y los colocó uno encima del otro hasta que su casa estuvo construida.

———∽∽∽———

The third little pig met a man carrying a load of bricks.

Bricks! *thought the third pig.* This is sure to keep the big, bad wolf out.

He bought the bricks and layered them on top of each other until his house was built.

Muy pronto, el lobo encontró la casa del primer cerdito y tocó a la puerta.

—¡Cerdito, cerdito, déjame entrar! —dijo el lobo.

—¡No, que me vas a comer! —respondió el cerdito.

—¡Entonces soplaré y soplaré y la casa derrumbaré! —dijo el lobo, y así lo hizo.

Soon the wolf found the first pig's house and knocked on the door.

"Little pig, little pig, let me come in!" the wolf said.

"Not by the hair of my chinny chin chin," the pig cried.

"Then I'll huff and I'll puff and I'll blow your house in!" the wolf said—and did!

La casa de paja se derrumbó y el cerdito muy asustado corrió a la casa del segundo cerdito. Pero el lobo feroz lo siguió.

The straw house fell right apart and the frightened little pig scrambled off to the second little pig's house. But the big, bad wolf was right behind him!

22

—¡Cerditos, cerditos, déjenme entrar! —dijo el lobo feroz.

—¡No, que nos vas a comer! —respondieron los cerditos.

—¡Entonces soplaré y soplaré y la casa derrumbaré! —dijo el lobo, y así lo hizo.

La casa de madera se derrumbó.

"Little pigs, little pigs, let me come in!" the hungry wolf said.

"Not by the hair of our chinny chin chins!" cried the pigs.

"Then I'll huff and I'll puff and I'll blow your house in!" the wolf said—and did!

The wood house tumbled right down.

Los dos cerditos corrieron muy asustados a la casa del tercer cerdito.

—¡Cerditos, cerditos, déjenme entrar! —dijo el lobo.

—¡No, que nos vas a comer! —respondieron los cerditos.

—¡Entonces soplaré y soplaré y la casa derrumbaré! —dijo el lobo, y así lo hizo.

La casa de ladrillos no se derrumbó. Así que el lobo feroz se subió a la chimenea.

―――⦿⦿⦿―――

The two pigs quickly ran to the third pig's house.

"Little pigs, little pigs, let me come in!" the wolf said.

"Not by the hair of our chinny chin chins!" the pigs shouted.

"Then I'll huff and I'll puff and I'll blow your house in!" the wolf said.

The brick house was too sturdy for the wolf to blow down. So the big, bad wolf climbed up the chimney instead.

—Ya sé lo que debemos hacer —dijo el tercer cerdito y colocó una olla de agua caliente encima del fuego.

El lobo feroz bajó por la chimenea y se cayó en la olla de agua caliente. Aullando de dolor, el lobo se fue corriendo y nunca más volvió a molestar a los tres cerditos.

———⚬⚬⚬———

"I know what to do!" the third pig said, and he hung a kettle of hot water over the crackling fire.

The big, bad wolf slid down the chimney—and landed in the boiling water! Howling in pain, the wolf ran away, never to bother the three little pigs again.

El lobo tomó el camino más corto y llegó a la casa de la abuelita primero. Tocó a la puerta y se hizo pasar por Caperucita Roja. Una vez adentro, el lobo encerró a la abuelita en el armario y se metió en la cama.

———— ⟳⟳⟳ ————

The wolf took the shorter path, and he reached Grandmother's house first. He knocked on the door and pretended to be Red Riding Hood. Once inside, the wolf locked Grandmother in the closet and climbed into her bed.

Cuando Caperucita Roja llegó a la cabaña, llamó a su abuelita, pero nadie contestó. El lobo se escondió sin hacer ruido bajo la manta de la abuelita.

Caperucita Roja entró en puntillas. Le parecía que algo no andaba bien.

———⟨∽⟩———

When Little Red Riding Hood arrived at the cottage, she called for her grandmother. But no one answered. The wolf hid quietly under Grandmother's quilt.

Red Riding Hood tiptoed inside. She had a strange feeling that something was wrong.

La abuelita se veía diferente. Llevaba el gorro de dormir hasta la mitad de la cabeza, que estaba llena de pelos. La niña se acercó para verla mejor.

—¡Qué orejas tan grandes tienes! —dijo Caperucita Roja.

—Para escucharte mejor, mi niña —respondió el lobo.

Grandmother looked very different today. Her night cap was pulled down over a furry head. The little girl inched closer.

"What big ears you have!" Little Red Riding Hood said.

"All the better to hear you with, my dear," the wolf answered.

Caperucita Roja se acercó un poco más.

—Abuelita —dijo Caperucita Roja—, qué ojos tan grandes tienes.

—Para verte mejor, mi niña —respondió el lobo dulcemente.

———∞∞∞———

Little Red Riding Hood crept even closer.

"Grandmother," Little Red Riding Hood said, "what big eyes you have."

"All the better to see you with, my dear," the wolf replied sweetly.

De pronto, la niña se detuvo porque estaba realmente asustada.

—Abuelita, ¡qué dientes tan grandes tienes! —dijo.

—¡Para comerte mejor! —respondió el lobo y saltó de la cama.

———⊶⊷⊶———

Suddenly the girl froze, because now she was really frightened.

"Grandmother, what big teeth you have!" she said.

"All the better to eat you with!" the wolf said and leaped out of bed.

Caperucita Roja comenzó a llorar. Por suerte, un cazador que se encontraba por el bosque la escuchó, corrió a la cabaña y sacó al lobo.

La abuelita abrazó a Caperucita Roja y se comió el pastel. Y Caperucita Roja aprendió que nunca debe uno apartarse de su camino.

Little Red Riding Hood started to cry. Luckily, a hunter in the woods heard her and rushed inside, shooing the bad wolf out the door.

Grandmother hugged Little Red Riding Hood and enjoyed her cake, and Little Red learned never to stray from the path again.